ÉPITRE

AU ROI,

EN FAVEUR DES GRECS;

Par CAMILLE BONDU.

A vous, puissans du monde, à vous, rois de la terre,
Qui tenez dans vos mains et la paix et la guerre,
A vous de décider si, lassés de souffrir,
Les Grecs ont pris le fer pour vaincre ou pour mourir.

CASIMIR DELAVIGNE.

PARIS,

CHEZ PONTHIEU, LIBRAIRE, PALAIS-ROYAL,

GALERIE DE BOIS;

ET CHEZ TOUS LES MARCHANDS DE NOUVEAUTÉS.

1826.

ÉPITRE

AU ROI,

EN FAVEUR DES GRECS.

IMPRIMERIE DE FAIN, RUE RACINE, N°. 4,
PLACE DE L'ODÉON.

ÉPITRE

AU ROI,

EN FAVEUR DES GRECS;

Par CAMILLE BONDU.

A vous, puissans du monde, à vous, rois de la terre,
Qui tenez dans vos mains et la paix et la guerre,
A vous de décider si, lassés de souffrir,
Les Grecs ont pris le fer pour vaincre ou pour mourir.
CASIMIR DELAVIGNE.

PARIS,

CHEZ PONTHIEU, LIBRAIRE, PALAIS-ROYAL,

GALERIE DE BOIS;

ET CHEZ TOUS LES MARCHANDS DE NOUVEAUTÉS.

1826.

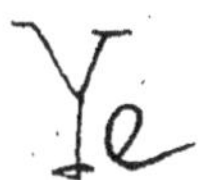

ÉPITRE

AU ROI,

EN FAVEUR DES GRECS.

> A vous, puissans du monde, à vous, rois de la terre,
> Qui tenez dans vos mains et la paix et la guerre;
> A vous de décider si, lassés de souffrir,
> Les Grecs ont pris le fer pour vaincre ou pour mourir.
>
> CAS. DELAVIGNE.

O FILS de saint Louis! ma dernière espérance;
Au nom de tes vertus, de l'honneur de la France,
Au nom de la pitié, de la religion,
J'implore ton secours pour une autre Sion !

Les sang des chrétiens coule ; ô mon Roi ! le temps presse :

Entends les cris plaintifs de l'héroïque Grèce ;

Vois dans Missolonghi le reste des guerriers

Qu'ont moissonnés le glaive et les feux meurtriers.

Leur sang presque épuisé, la faim qui les décime,

Rien ne peut ébranler leur courage sublime :

Ils sont encor debout sur ces murs écroulés,

Et couvrent des débris de leurs corps mutilés

La vierge, dont le Turc a voué l'innocence

Aux infâmes plaisirs des tyrans de Byzance,

Et la mère et le fils, que l'esclavage attend !...

Mais l'Osmanlis impur, de meurtres dégouttant,

Le perfide Albanais, l'Égyptien féroce,

Par d'affreux hurlemens peignent leur joie atroce.

O honte de l'Europe ! aux yeux des potentats,

Ces monstres, aguerris par de vils apostats,

S'élancent dans les murs que la flamme dévore....

La cloche cependant, lugubrement sonore,

Donne aux enfans d'Hellen le signal du trépas !

Le salpêtre a tonné... le sol fuit sous leurs pas...

Silence !.. ils ont paru devant l'Arbitre austère
Qui juge les bergers et les dieux de la terre !

Mais la Religion, le cœur glacé d'effroi,
Tend ses mains vers le trône où régna le saint roi
Fléau de l'esclavage et de l'idolâtrie :
O Charle ! elle gémit, te regarde et s'écrie :
« Un peuple de chrétiens, esclave des imans,
» Portait le joug honteux des cruels musulmans ;
» En secret j'allégeais le fardeau de ses chaînes ;
» Et, pour calmer son sang qui bouillait dans ses veines,
» Je lui disais : Le monde a contemplé les Juifs
» Aux murs de Babylone un âge entier captifs ;
» Et le Seigneur enfin, touché de leur souffrance,
» De ce peuple déchu permit la délivrance :
» Peut-être aussi ces fers, de vos pleurs arrosés,
» Par un autre Cyrus un jour seront brisés.
» Je disais, et la Grèce adorait en silence
» De son maître divin la sainte Providence.
» Mais, hélas ! ses tyrans, de carnage altérés,

» Méconnurent bientôt ses droits les plus sacrés.

» Au mépris des traités, les malheureux Hellènes

» Ont vu tous les trésors de leurs fertiles plaines

» Par la flamme et le fer lâchement ravagés,

» Les temples profanés, les prêtres égorgés,

» Leurs femmes, leurs enfans, dans les bazars d'Asie,

» Vendus pour la débauche et pour l'apostasie....

» Ce qui restait de sang dans leur cœur ulcéré,

» S'est enfin soulevé contre un joug abhorré.

» Las de gémir en proie à la honte, aux alarmes,

» Avec leurs fers rompus ils ont forgé des armes :

» Des milliers de soldats à ma voix ont surgi,

» Et du sang musulman l'Archipel fut rougi.

» Des faits prodigieux de ces vainqueurs de l'onde,

» Déjà la Renommée avait rempli le monde !

» Mais l'Afrique a vomi ses farouches enfans

» Dans les champs reconquis par les Grecs triomphans :

» Accablés par le nombre et le secours perfide

» Que prête aux Osmanlis l'apostat parricide,

» J'ai vu ces fiers chrétiens, sous la main des bourreaux,

» En embrassant la croix, expirer en héros.

» Des monarques pieux, toi, l'auguste modèle ,

» Je t'appelle à défendre une cause si belle :

» D'un peuple malheureux, Charles, soutiens les droits ;

» De son sang répandu viens absoudre les rois. »

Mais en vain les accens de cette vierge sainte,

Des murs de ton palais veulent franchir l'enceinte :

Du féroce Ottoman les dévots protecteurs

Couvrent sa faible voix de leurs cris délateurs :

« Le Grec, te disent-ils, est lâche, avide, traître ;

» Il méconnaît les droits d'un légitime maître. »

Des femmes de Souli le courage indompté [1],

Dans l'abîme des flots cherchant la liberté ;

Les bannis de Parga, dans leurs douleurs amères [2],

Arrachant du tombeau la cendre de leurs pères ;

L'immortel Botzaris et ses trois cents soldats [3],

Rivalisant de gloire avec Léonidas ;

Plus grande que les maux dont elle est assaillie,

Psara, sous ses débris naguère ensevelie [4] ;

Ces frêles bâtimens, que l'univers surpris

A vus, par les exploits du vaillant Canaris,

Disperser, foudroyer les flottes ennemies,

Qu'aux bords de l'Archipel le Bosphore a vomies :

Voilà les argumens et les témoins vainqueurs

Qu'oppose l'Hellénie à ses vils détracteurs [5] :

Tant de grands sentimens, d'amour de la patrie,

Ne sauraient s'allier avec la perfidie !

Mais on ose au chrétien, saintement révolté,

Opposer du Sultan la légitimité !

Jusques à quand les rois souffriront-ils qu'on donne

Ce nom de légitime à l'indigne couronne

Dont le droit de carnage est le plus beau fleuron,

Et dont la tyrannie eût fait rougir Néron !

A ces infortunés tendre une main propice,

C'est ébranler, dit-on, c'est saper l'édifice

De la religion et de la royauté :

Leur cri de ralliement est : Mort ou LIBERTÉ.

Faudra-t-il donc, grand Dieu ! pour expier les crimes
De nos troubles, hélas ! trop féconds en victimes,
Que tous les opprimés que contient l'univers,
Pendant un siècle encor gémissent dans les fers ?
Les verra-t-on porter les peines éternelles
Des forfaits dont leurs mains ne sont pas criminelles ;
Et de la Liberté le fantôme sanglant,
Du haut des échafauds, dont le fer ambulant
Rendit le sol français tout hideux de carnage,
A-t-il du monde entier prononcé l'esclavage[6] ?

De ces faux conseillers, Charles, crains les discours ;
Crains surtout ces serpens qui rampent dans les cours,
Et, sous le masque adroit d'une piété feinte,
Semblent servir les Grecs, en étouffant leur plainte.
Si, par un noble zèle, un poëte exalté
Peut faire entendre aux rois la sainte vérité,
Je te dirai les vœux de ton peuple fidèle :

Il aime de ton cœur la bonté paternelle,

Cette auguste franchise et cette loyauté,

Ce ton de courtoisie et cette aménité,

Apanage constant des chevaliers de France ;

Il aime aussi te voir, allégeant la souffrance

De tous les malheureux que le destin a faits,

Compter, comme Titus, tes jours par tes bienfaits ;

Et si jamais, enfin, un ennemi t'offense,

Il saura, s'il le faut, mourir pour ta défense.

Mais ce peuple à son prince avec amour soumis,

Craint les efforts secrets, les conseils ennemis

De ces ambitieux que le calme importune,

Et qui, toujours ardens à tenter la fortune

Aux dépens de la paix et du bonheur public,

Font de nos libertés un coupable trafic.

Il craint ces partisans de toute erreur gothique,

Qui semblent s'éveiller d'un repos léthargique,

Et dont l'œil énervé par un trop long sommeil

Ne peut plus supporter les rayons du soleil ;

Qui, de la France libre, immortelle patrie

De la gloire, des arts, de l'active industrie,

Ne pouvant avec nous suivre l'essor nouveau,

Voudraient la rabaisser jusques à leur niveau.

Il craint ces charlatans, ces tartufes austères,

Qui, de l'intolérance effrontés mandataires,

Vont semant le scandale et la division ;

Et du manteau sacré de la religion

Couvrent leur turpitude et leurs complots sinistres.

Il voit avec douleur d'inhabiles ministres,

Inclinés sous le joug d'un occulte pouvoir,

A leur ambition immoler leur devoir,

Entraver le commerce, étouffer les sciences,

Au poids d'un or impur peser les consciences,

D'un vote indépendant punir le magistrat,

Relever ce fléau du Prince et de l'État,

Que des bords de la Lys jusqu'aux bouches du Rhône,

Accusent à nos yeux les degrés de ton trône,

Du meurtre d'un Bourbon naguère encor sanglans ;

Protéger l'esclavage et la traite des blancs,

S'allier en secret à d'infâmes corsaires,

Et recruter en France au nom des janissaires.

Pour le tigre africain quelle noble amitié
Oblige nos visirs d'aiguiser sans pitié
Le fer qui, de la croix signalant la défaite,
Immole les chrétiens sur l'autel du prophète ?
Ne sauront-ils jamais d'un peuple généreux
Connaître les besoins et comprendre les vœux !
Cette Grèce, à leurs yeux trop faiblement punie,
Par d'antiques liens à la France est unie :
Nous lui devons nos arts, nos richesses, nos lois,
L'exemple des vertus et des nobles exploits.
Sur les restes savans de la superbe Athènes,
Au pied de la tribune où tonna Démosthènes,
Sol des beaux souvenirs, débris inspirateurs,
Les Solons de la France et ses grands orateurs,
A ces phares brillans que le temps vivifie,
Rallument le flambeau de la philosophie.
Ces guerriers dont on vit flotter les étendards
Des déserts de Memphis jusqu'au palais des czars,

Soudain ont tressailli d'espoir et d'allégresse

En voyant du tombeau sortir l'antique Grèce,

Et du grand Miltiade un digne rejeton

Rappeler la victoire aux champs de Marathon.

Du Parnasse français la jeunesse excitée,

Aux noms d'Anacréon, d'Homère, de Tyrtée,

Aux fils de l'Hellénie a consacré ses chants,

Et d'un honteux stigmate a flétri leurs tyrans.

Les successeurs d'Apelle, en leur reconnaissance,

Du berceau des beaux-arts fêtent la renaissance;

Ils s'indignent de voir un esclave africain

Souiller le sol où dort le fier républicain,

Ce sol de demi-dieux, idoles immortelles,

Peuplé par Phidias, Zeuxis et Praxitèles.

Le hardi commerçant qui, vers des bords lointains,

Au rivage de l'Inde, aux champs américains,

Va ravir à grands frais, sur l'abîme des ondes,

Mille fruits précieux, richesse des deux mondes,

Voit déjà ses vaisseaux dans nos ports enrichis,

Verser tous les trésors dont les Grecs affranchis

Vont couvrir de Tempé la riante contrée,
L'opulente Chio, la fertile Morée.

Mais c'est trop invoquer la cendre des héros,
L'intérêt du commerce et des arts libéraux :
La voix de la pitié, plus auguste et plus tendre,
A tous les cœurs français déjà s'est fait entendre ;
A ce cri, la vertu, la gloire, le talent,
La veuve, l'orphelin, le pauvre, l'opulent,
Soudain ont confondu leurs vœux et leur offrande.
O Charles! pour une âme et généreuse et grande,
Pour un fils de Henri, pour le cœur d'un Bourbon,
Qu'il est doux de régner sur un peuple aussi bon !

Anges consolateurs envoyés à la terre
Pour adoucir les maux dont l'homme est tributaire,
Les femmes ont rempli leur sainte mission ;
La charité pressante et la compassion
A ce sexe ont prêté leur divine éloquence :
Le triomphe des Grecs sera sa récompense.

Cependant des accens chers à tous les Français,

Éveillent les échos d'un auguste palais;

Une éloquente voix plaide pour l'Hellénie.

Quel est donc le pouvoir de ce brillant génie,

Qu'Athène a vu jadis saluant ses débris,

Pleurer sur ses tombeaux , sur ses lauriers flétris,

Et qui , depuis le jour où la Grèce insurgée

De ses hardis vaisseaux couvrit la mer Égée ,

Pour ce peuple si grand en courage, en vertu,

Athlète infatigable, a toujours combattu !

Il a dit , et ses pairs , des Hellènes esclaves

Ont tenté de briser les indignes entraves,

Ses pairs, soutiens des lois et de nos libertés,

Ses pairs, dont l'intérêt, l'appât des dignités,

Ni l'effort du serpent caché sous le cilice,

Ne sauraient ébranler l'immuable justice :

Tels furent ces vieillards que Rome a contemplés,

Et que prit Cinéas pour des rois assemblés.

Mais de nos sénateurs qu'a produit le courage ?

Que peut l'or du Français contre l'aveugle rage

Des pieux renégats qui vendent nos vaisseaux

Aux bourreaux des chrétiens, leurs gracieux vassaux,

Et, fervens zélateurs des pompes catholiques,

Les pieds nus dans la fange escortent des reliques?

Cependant l'Africain poursuit ses cruautés,

Ravage les moissons, dévaste les cités;

En rideaux ondoyans la flamme se déploie;

Le sang coule par flots; d'un lambeau de sa proie,

Le soldat musulman, des humains vil rebut,

Paie à son souverain l'effroyable tribut!...

Quand cesseront enfin tant d'horribles supplices!

O mon roi! par le fer de ces lâches milices

Tous les héros chrétiens seront-ils moissonnés?

Et tes ambassadeurs, muets et consternés,

Verront-ils consommer cet affreux sacrifice?

Verront-ils décorer leur sanglant édifice

Des membres palpitans des martyrs de la croix,

Égorgés par milliers à la face des rois?

Non, tu partageras l'ardeur qui nous enflamme :

Tant de nobles malheurs toucheront ta grande âme :

Ils ne périront pas ; non, j'en ai pour garans

Ta générosité qui des mortels souffrans

Prévient tous les besoins, calme toutes les peines,

Le sang de saint Louis qui coule dans tes veines,

Pour la religion ton ardente ferveur,

Les exploits de ton fils, enfin ta juste horreur

Et de l'intolérance et de la tyrannie !

Trop long-temps des tourmens de sa triste agonie,

La Grèce a vu les rois approbateurs muets,

Et ses fils repoussés de leurs mille congrès.

En vain la politique unie au fanatisme,

Oppose l'impudeur, la fourbe, l'égoïsme

Au cri de la nature, à la voix de l'honneur,

Charles, la France entière en appelle à ton cœur !

F I N.

NOTES.

1 Les femmes de Souli, pour se soustraire aux barbares Musulmans, formèrent une danse funéraire sur la cîme d'un rocher et s'élancèrent l'une après l'autre dans l'abîme, leurs enfans dans leurs bras.

(*Essai historique sur l'état des Grecs*, par M. Villemain.)

2 Le ministère anglais vendit Parga, ses murs, ses églises, ses maisons, au féroce Ali-Pacha, pour cinq cent mille livres sterlings; depuis la demeure du pauvre jusqu'au ciboire des saints autels, tout fût compté, tout fut payé, excepté les personnes des malheureux habitans auxquels on avait réservé le droit de se retirer nus et dépouillés. Mais tandis que les Anglais, fidèles à leur marché, abattaient sur les tours de Parga, le pavillon britannique pour faire place au croissant, les malheureux fugitifs voulant au moins dérober les ossemens de leurs pères à la présence sacrilége des Turcs, ouvrirent les tombeaux, réunirent ces tristes dépouilles, les brûlèrent sur la place publique, et emportèrent avec eux ces cendres sacrées, comme le plus précieux reste de leur patrie.

(*Essai historique*, etc., par M. Villemain).

3 Marcos Botzaris, se trouvant en présence de l'armée du pacha de Scodra, avec quelques milliers de soldats, forma un bataillon de trois cents Souliotes, d'un courage éprouvé, et pénétra à leur tête pendant la nuit, dans le camp ennemi où il porta la terreur et la mort. Cet intrépide général périt dans cette action, digne de celle de Léonidas aux Thermopyles.

[4] Psara étant tombée au pouvoir du capitan-pacha après une défense héroïque, ses habitans s'enferment dans la citadelle de Saint-Nicolo sur laquelle ils arborent le drapeau blanc. Les Turcs, les croyant disposés à se rendre, approchent en foule ; mais soudain, au signal que donne le chef des assiégés, une explosion terrible se fait entendre : les Ipsariotes, les Musulmans, tout disparaît, tout est englouti, et l'île est changée en un monceau de décombres.

[5] Hellénie pour Hellade, du nom d'Hellen, fils de Deucalion.

[6] J'ai emprunté ici à l'illustre chantre des Martyrs, quelques-unes des idées nobles et généreuses dont brille son éloquent plaidoyer en faveur des malheureux chrétiens d'Orient. Ce passage prêterait sans doute à mon épître un intérêt puissant, si je n'avais altéré l'énergie de sa pensée et l'éclat magique de son expression, en les soumettant au rhythme poétique.

FIN DES NOTES